突然，不再忧伤地想到你

麦琪（英儿）的诗

[澳] 麦琪（英儿） 遗作　刘湛秋 编辑整理

四川文艺出版社

图书在版编目(CIP)数据

突然,不再忧伤地想到你:麦琪(英儿)的诗 / (澳)麦琪(英儿)遗作;刘湛秋编辑整理.—成都:四川文艺出版社,2017.5
 ISBN 978-7-5411-4591-9

Ⅰ.①突… Ⅱ.①麦… ②刘… Ⅲ.①诗集-澳大利亚-现代 Ⅳ.①I611.25

中国版本图书馆CIP数据核字(2017)第085746号

TURAN BUZAIYOUSHANGDEXIANGDAONI
突然,不再忧伤地想到你
麦琪(英儿)的诗

[澳]麦琪(英儿) 遗作　　刘湛秋 编辑整理

策划组稿	武　征
责任编辑	范雯晴
封面设计	叶　茂
内文设计	史小燕
责任校对	蓝　海
责任印制	崔　娜

出版发行	四川文艺出版社(成都市槐树街2号)
网　址	www.scwys.com
电　话	028-86259287(发行部)　028-86259303(编辑部)
传　真	028-86259306
邮购地址	成都市槐树街2号四川文艺出版社邮购部　610031
排　版	四川胜翔数码印务设计有限公司
印　刷	成都东江印务有限公司
成品尺寸	130mm×184mm　1/32
印　张	5.75　　　　　　　　字　数　120千
版　次	2017年7月第一版　印　次　2017年7月第一次印刷
书　号	ISBN 978-7-5411-4591-9
定　价	38.00元

版权所有·侵权必究。如有质量问题,请与出版社联系更换。028-86259301

也许,结束在不该结束的时候
也许,结束在最该结束的时候

目录

致爱妻三首 ◎刘湛秋

突然,不再忧伤地想到你 ◎麦琪(英儿)

003　　渴望流浪
004　　让叶子回来
006　　听不到的声音
008　　这么淡的颜色
009　　醒来的时候
011　　开垦一块荒地
013　　愿望的象征
014　　和谐
015　　别过来

017	留在外边的树林
018	永恒
019	我的来历
020	祭日
022	背靠黑夜
024	五月
026	跟一个流浪汉结婚
027	断层
029	在这种时候
030	白色通道
031	手术室
033	我要种一棵树
035	因为明天
036	夏天从此刻开始
037	黑的空房子
038	转过头去
039	该回家了
040	没有树的平原
041	放走灯光
042	快乐是一种习惯

043	戛然而止
044	远足
045	酒杯已在手里
046	柔软的草地黄了
047	门是朝里开的
048	生日快乐
049	自编的故事
050	提醒你改变心境的
051	春天是所有举动的理由
052	先别忙着把窗帘拉开
053	真正的月亮
054	从来是两束光
056	为爱情祝福
057	无题
065	无题
075	无题
081	恐惧
082	有一只蝴蝶飞过
083	不再重复的春天
084	祈求

086	停
088	雨天
089	美丽
090	渴望
091	阳光
092	飘
093	突然,不再忧伤地想到你
094	爱情五首
098	我在一个盒子里生活
100	分裂的夜晚
101	庄周梦蝶
102	我的爱情是你的翅膀
103	不留痕迹
104	痛苦是安静的
105	无法逃离的幻想
107	他梦见自己的死亡,像是一种草药
108	暗色
109	白昼到来了
110	感情饥渴
111	黑夜降至,我的心就静了下来

113	祭奠——献给 Amanda
114	你以死亡藏匿于梦幻之夜
115	阴霾,在黑暗里所显露的是温柔
116	愿望
117	这里的水
118	把剩余的努力
119	被一个梦留在原地
120	彼岸
121	从窗口看那棵扭曲的树
122	从折断的地方重新长出生命来
123	摧毁我的
125	见过谁能从容地生活
126	开花的季节
128	漫长也好
129	面对自己
130	敏感让我筋疲力尽
131	那些失而复得的感觉
132	请把我当成陌生人吧
133	上帝告诉我的话
134	是我

136	我的欲念越来越少
138	我经常想到死亡
139	我可以在这个世界上好好活着
140	我相信命运
141	我要努力使自己听到那个声音
144	无法再想象轻松的爱情
146	总是绝望的
147	每一天都按时到来
148	其实
149	身后
150	我并不懂得如何享受生活
151	我是谁
153	在这狭窄的路上
154	带着什么

后记：最后的日子——忆麦琪（英儿）◎刘湛秋

致爱妻三首

◎ 刘湛秋

生死之间 / 默契 / 墓碑

生死之间

人活着就是睡和醒，
交替着编织年轮；
没有不睡的醒，
也没有不醒的睡。

终和癌症打成平手，
无药无疗，无痛自由；
但心脏终于无力再跳，
停止吧，别再有他求？！

你就这么睡了，
再也没有醒来；
是在继续做梦？
还是不愿醒来？

对死者算是幸福，
对生者最是苦酒。

滴水石穿,绵绵无际,
哀楚思念永久永久;
而我只能在秋雨黄昏,
慢慢享受这苦上心头。

默 契

就这样悄无声走了,
像草地上的晨露,
像泉水流过岩石,
像花瓣飘落土地。

没留下任何嘱托,
也不想对社会说什么,
干净、从容、酷爽,
一走了之　了之一走!

不需要社会褒贬,
从不愿参与争论,

静静躲在一边,
默对自然　自然消散。

低调来自无欲,
低调来自空灵,
祈求安宁外的天籁,
铸就人生的坚定。

一切都会美好,
更不求他人的理解;
而最可贵的,
是那俩人无声的默契……

墓　碑

面对大海,
青春永在。

在百岁都快普及的时代,

你只活了一半；
你是害怕老去？
还是措手不及？
让我这老人羞惭，
除了无奈，还是无奈。

你虽入了他籍，
我依然给了你三个头衔：
中国作家，
中国诗人，
刘湛秋爱妻。
——是太重了？
　　　还是太轻？
你只能默默担待。

你虽然入了他籍，
依然是中国心：
中国的习俗，
中国的脾气，
什么都没有改。

青春永在,
面对大海。

社会上一些人,
还给了你另一个头衔;
这使你因此怀疑历史,
凭什么已二十多载,
还不让走出阴霾?
只有沉默,
才是回答。

青春永在,
面对大海!

突然，不再忧伤地想到你

◎ 麦琪（英儿）

渴望流浪

我相信
不仅仅是我自己
忙于给梦找一张床
又忙于收拾行李
渴望流浪

在冰天雪地的早晨
出发
孤独是翅膀

这时
可以独自歌唱

等一会儿太阳出来
去堆雪人,我相信
不仅仅是我自己
握着陌生的手指
渴望消失

让叶子回来

你靠着的这棵树
  有着太多的感觉
它其实很年轻
它甚至没有往事
皱纹并不能代表什么
它的忧郁很平静
就像你的平静很忧郁一样

没有脚印的地方
  叶子是温厚的土壤
你以影子行走
道路无宽无窄
  无短无长
草说它们自己的话
你并不过问

你有自己的家

生来就有
你把门打开又关上
在阳光里看她的眼睛
依旧不在开花的时候轻易开口
家不是别的什么
　　只是一种清香

树木永远站着
它没有一扇可以打开和关上的门
秋天一片一片地走了
倾诉是遗憾之前的心境
自己的故事是应该闭口不谈的
它不想大声说话
它想让叶子回来

听不到的声音

听不到的声音
都在近处
每一个手势和下意识的想法
都能预知许多时间以后
　你不得不摇头叹息
　你连哭和笑的能力都没有
想起自己还做过牧人呢
头羊几次走过草地
都不敢歇脚
回想起来
草坡可真嫩真绿

想躲也躲不开
总是听到过于单调的声音
　折磨自己
　一动不动地折磨
血液不会向外流

自己的声音不会向外流
只任凭自己对自己说
听下去　听下去　听下去
要走的路可真长
什么都会寂寞都会缺乏选择
听下去　听下去　听下去

这么淡的颜色

这么淡的颜色
刚刚吐芽的树梢
　泛绿的草地
墙根褐色的软体小虫
　爬出灰白的土地
春装飘飘洒洒
　不再有顶风的姿势
这么简单的话
不能说得太多
从河边走过
就会沿着堤岸走下去
忘了该去的地方
　和该做的事

醒来的时候

醒来的时候
　有人已走在路上
　有人刚刚出生
一点儿声音都是好消息
从远处　近处
告诉你
日子重新开始

笑一笑
或者哼一支歌
　最好没有歌词
美妙以一种旋律向你微笑
轻松地上路
意识到这种心境
昨天曾经希望过

倒霉的事是想出来的

没有什么不可更改
其实　桥断了
　　　　河水涨了
都正好让你换一条路

开垦一块荒地

开垦一块荒地
守望四季和一种变化
坐在田埂上　抽烟
总忘记去年冬天
　是否比今年寒冷
该穿单衣的季候
　是否提前到来了

果树荒芜
没有开花的征兆
果园平静如初
阳光照耀的时候
土壤温暖
想夜晚的树根
被黑土包裹着

闪念之间

或许自己就会在今夜梦游
观察自己的举动
安然无恙地又回到床上
仿佛什么都没有发生
也就真的什么都没有发生
一个人　没有旁证

愿望的象征

多想
你能站在岸上
让时间只流过我
从东到西
缩短黎明和黄昏的距离

或许
你会站成树
让我成为你树上的眼睛
或许
就这样对视
站成一种愿望的象征

和 谐

街心花园的石凳
如栅栏一样
筛选着扑面而来的阳光
我们不合时宜地坐下
蜷缩着的叶子很圆
风走着光滑的弧线

地面是弯曲的
我发现你把我的手握得很紧
保持着一种姿态
夜色仍然睡着到来
月亮依旧快活
像舒展开来的叶片

别过来

你住的地方太不真实
岛在海上　船在海上
你没有过岸
怎么能不在海上
一个同伴一个果子都没有
没有人看望
岸在海上

任凭什么也无助于你
走许多路　回许多家
把早就熟知的地址
有意留下
从前也是这样
懂事之前
想独特　想的太多

你别过来

这边是你梦里的国土
你别过来
你找到了梦你又是谁
你别过来
别单独过来
没人看你快乐
你就不会快乐

留在外边的树林

留在外边的树林
永远长不到屋里来
有个梦常常走动
绿色不是意识到的
熟悉的也不是面孔
这样就简单多了
可以把全部的自己留给白天
　　把自己的全部留给夜晚

永 恒

走过老人和小孩
走过许多个季节
人们始终微笑着
手里始终拿着花朵

带路的人已经死去
比想象的还要平静
沿途的清晨不断歌唱
不断有泉水在石头里生长

阳光也在长大,一缕缕
漫过荒凉的处女地
长大了
仍然是婴儿的颜色

我的来历

哭泣的　是我
一个女孩
喜欢用眼泪表达一切

房间里挂满娃娃
是我　一个女孩
喜欢同不会说话的说话

从前　是不是有过
一个女孩　像我
不会说话

从前　是不是有过
我　一个哑孩子
后来丢了

祭 日

终于　脚下戛然一响
预料的危险
　　在一瞬间到来
　　又在一瞬间消失

出生的时候
不能没有哭声
死去的时候
不能没有哭声

有种悲哀一直在说
哭是什么
哭不是什么
无时无刻不盯紧你

想正着数　想倒着数
年龄是归去来的流水账

从你想记的时候
就开始糊涂

有个日子叫　祭日
会有人把你的名字
　写上几遍　看上几遍　读上几遍
然后想想自己或许真的爱过你

背靠黑夜

背靠黑夜
以一种旋律成一种姿势
活动的是声音
　　和来自声音的心境
烛光勾勒的轮廓
出于偶然
将你显现出来

从初临黑夜
就开始承受一生
只把脸和手留出来
受光的抚弄
相信背景活着
无时无刻不映衬你
你不知该做何举动

窗户再大

河水也流不进来
不间断地响着
暗示你该走动走动
没有岸和船
只有声音
房子就会动起来了吗

什么也不会发生
或许背景移动
你意识到从前很乏味
于是,想起抽烟
你就点上一支长长的烟
活着就飞着,这样
可以远远地看看自己

五 月

本来可以住下了
这里是活动着的五月
激荡和宁静一起
坐在河畔的石凳上
同时看对岸的鱼群
和垂钓者的神态

自己也在水里
不着边际地行走
噪音是多余的
什么时候能找到家呢
鱼头上的皱纹再老
　也不会说话

浮出水面或者下沉
　　或者干脆喝干河水
让失足落下来的人

最终成为鱼

海藻摇摇荡荡

成为另一种植物

跟一个流浪汉结婚

跟一个流浪汉结婚
走遥遥无边的路
家是折叠的帐篷
可以很牢固
也可以很疏松
所有的花儿都在随心生长
有许许多多的泥土
　和许许多多的爱情
靠着树就是靠着家
地址是最初的情感
永远无法说出

断　层

风，隔着季节
梦，没有伙伴

画布上一枝玫瑰
诞生在无花果的故乡

爱，躲躲闪闪
命运和时间擦肩而过

在阳光与阳光之间
伸出的手没能相握

让痛苦在心中做窝
什么都需要繁衍

紫丁香开了
雨水结着愁怨

梦,隔着世界
风,没有季节

在这种时候

不敢走出房门
甚至不敢靠近窗户
你的气息穿透黑夜,走来
无法感觉的轻柔
是让人困惑的躁动
无法判断
便无法祈盼
只能站在原地
等待那突然起来的战栗
在这种时候
爱,从来如此
可以让眼睛流出泪水

白色通道

注定需要疾病
调整存活的视角
半次死亡在非分中活着
半个龟背
一把枯枝与火的裂纹
吉凶或许并不重要
重要的是你蓦然明白
你正在靠近自己
就站在身边　那么清醒
职业的诞生尤其偶然
医生竭力证明的是
谁也无法救活谁
在白色通道里走走
再从进来的门出去

有本书被翻开
封面的果树叫不出名字
却容易被记住

手术室

手术室的门关着
你永远能直接看到骨骼
光明在没有影子的地方
　　　如同黑暗
你觉察到阳光和暴土的街
正伞一样飘逝
觉察到一棵一棵空心树
和自己变轻的身体
唯有一点儿真实全在手上
你无法视裸露为艺术
想看到正在穿衣服的人
活生生的过程令你陶醉
缝合刀口的一瞬
你复原了自己

仅仅此时
你想以某种表情面对上帝

泡泡糖在手里
你从不咀嚼什么

我要种一棵树

我要种一棵树
然后　为它歌唱
想起许多英雄
都为了什么
歌唱了一生

第一个英雄
死了　不知是谁
他面对的是碧海苍天
还是小小的珊瑚虫呢
或许就是他自己

战争　从无到有
死亡　从有到无
相信灵魂
在另一个世界里
从无到有

走过两个世界
发现最难面对的还是自己
意识到自己
就发现自己不是英雄
也没有英雄可以歌唱

想歌唱的时候
就忘掉自己
　一会儿是英雄
　一会儿是魔鬼
　一会儿是败类

因为明天

躲进被窝里　看书
靠在肩膀上的灯光
让你靠着
让你任意想象
白天的事情很遥远
远得可以讲给谁听
这时风停了
故事一定会传得很远

不想明天的事
就不会在睡觉前笑起来
小时候抱着玩具睡觉
也是这样
心想河水流过窗前
纸船在明晨启航　活着
还是这样简单
因为明天

夏天从此刻开始

躺进稻草堆里
柔软是含含糊糊的
无可更改的暗夜
不再构想明天
在没有睡过的地方做梦
梦会延伸

夏天从此刻开始
流星在表示亲近的时候下滑
讲黑色的夏天
像讲黑色的花
记住神秘的日子
如同忘记活着的方法

黑的空房子

在阳光下突然睁开眼睛
可以找到一间黑的空房子
不是没有人
是没有窗户
这时可以坐下来
坐进真的角落
想想白天发生的事
什么什么都很真实

转过头去

转过头去
星星都很孤单
不敢让你看到我的眼睛
怕它说出一句话
连自己都感到茫然

河水在夜晚是黑色的
枯叶也像黑色的帆
打一个水漂吧
把心交给对岸
也许该改变的是我们
路从来就很安全

该回家了

坐在海边　想家
潮水的抚摸很机械
即使不到年龄
我也会变成化石
从第一次的热望被你击退
我的幻想就开始远行
妈妈站在对岸接我
（妈妈总是在这个时候来接我）
若无其事地说：该回家了

没有树的平原

没有树的平原上
夜空也是坦坦的平原
如果有树
无论是枯死的还是活着的
仅仅一棵
就足以使天空成为背景
为一棵树而活

放走灯光

放走灯光
并不全是黑暗
陌生而熟识的清冷
也是能够闭合的眼睛
无法入睡
是因为星星还跳昨天的舞蹈
而昨天的这个时候
我正和灯光一起对付黑暗

放走黑暗
并不等于拥有黎明
此时的草丛里有一只昆虫
正在向大路爬行
需要惹人注意
就等于被一只过路的脚踩死
然后被一场大雨冲洗得干干净净

快乐是一种习惯

好端端地活着
望一会儿天空
想一会儿海
阴天的时候
穿一件鲜红的衬衣

快乐是一种习惯
完全可以没有来由
车窗外的田野自自然然
目的是有的
但不要想目的地的事情

戛然而止

音乐戛然而止
你的口哨停在半空
余音不是什么时候都有的
但你再次听这首乐曲
会在断了的地方蓦然记起
不会再完整地存在了
旋律无论如何继续
都很拙劣

远 足

作一次远足
只是为了能在黎明
就看到你
为了能在车厢一角
悄悄谈话
为了不被别人注意

把目光朝向窗外
景致是一把小小的提琴
在乐谱上平放着
从哪个角度看都是艺术
然后,选择一个最小的站下车
假装旅游

酒杯已在手里

迈出门槛
徒然做开门的动作

酒杯已在手里　就喝
惹出红晕
惹出醉的神态

唯一的清醒是
想喝酒的时候　有酒

柔软的草地黄了

柔软的草地黄了
黄了也仍然柔软
地面的温情从小到大
从小到大不知道节气

天空永远是蓝色的
让穿短裙的女孩大睁着双眼
让她从小听一样的旋律
让天空飞旋

细细的白杨树只有几棵
几棵就使目光
　　可以呈现角度
可以在原野上走进走出

门是朝里开的

深深地　把头
埋进自己的臂膀
承受一种拥抱
这姿态像鸟吗
从亮灯的时候起
就这样坐着
窗帘昏红
窗子都存有一种温情
门是朝里开的
等你推门　进来

生日快乐

明天是别人的生日
也没有谁会记得今天
我守候黑夜
守候你划着火柴的亮光
蜡烛在蛋糕上守护我
像二十四只无家可归的羊

随便哼一支歌吧
这星也需要声响
就像母亲分娩前的呻吟
可以减轻痛苦和惊慌
原来等待快乐如同等待死亡

即使这样
当烛光为我燃起
无论何时
我相信，诞生是神秘的
我会说，生命值得快乐

自编的故事

你哭过　笑过
说明可以这样
　也可以那样
从小就是盲人
颜色就不会存在
悲哀的其实是旁人
　为了意识自己完整

这就是说
你活着
　就承认一切
然后找到快乐的道理
最完整的是自编的故事
想怎样结局
就有怎样的逻辑

提醒你改变心境的

提醒你改变心境的
往往不是一个趔趄
　　　　一个遇险
而只是
　　脚边一丝柔黄的草叶
　　一个孩子晶亮的笑声
或许仅仅是
　　一个微妙的转弯
　　你蓦然察觉
树林的曲线
美得让你落泪
让你叫出了自己的名字

春天是所有举动的理由

在没有阳光的时候
春天是平静的
空气总让你
想深深吸一口
　再慢慢吐出
风从旁边过
轻柔得无法察觉
跑着走着
没有人会注意你
春天是所有举动的理由
说话的人声音不大
但很悦耳

先别忙着把窗帘拉开

先别忙着把窗帘拉开
黑夜已经不知去向
它来去从来过分神秘
我想看见
你的影子在沙发上吸烟
烟味是黑色的
你的长发在门口被风吹散

此刻是黎明
而黎明就是今天
你永远得在这个时候走
而路永远不会走完
我是个更夫
注定要守候你的影子
等满屋的阳光点燃黑暗

真正的月亮

也许想你
只是因为别无他想
你可以仔细想我的每一句话
但不要仔细想我的每一次沉默
沉默可以有无数理由
你唱歌的时候
我也许在想
别唱了吧
你的歌声并不悠扬
吻你的时候
你不要以为不同寻常
有一句话
我一直没有对你讲
太阳对夜晚说
我远远离开你的时候
柔情才是真正的月亮

从来是两束光

从来是两束光
照向我和你
舞台旋转
永远面对面
就是永远面对距离

需要你吻我
在只有嘴唇的狭缝里
然后走出来握握手
同许许多多的分离
　　一样平静的分离

需要你的手掌
在我的眼睫上歇息

这时我可以想到死
同许许多多的死亡

一样怯懦的逃避

前面也许真没有路
只有你站在那里
只有你　我也只好沉默
仍然是两束光
一半的一半永远没有结局

为爱情祝福

为爱情祝福
如果可以的话
我愿躲进山里
让山谷把热情夸大一万倍
而我仍旧很渺小
仍旧可以风一样随意走动

只有自己
如果愿意的话
在哪里都可以寂寞
爱情可以
  同所有绿色一样敏感
也可以
  同所有陨石一样缄默

无 题

1

一边是黑暗　我的手
想拾起天空
一个故事被讲了又讲
重复的是那种简单

火焰　云和风
在密集的梦里
走不出去　永远
也走不出去

2

是什么支撑着我
昨天的道路那么宽阔又那么狭窄

我的梦和你的
　　　　　碰到了一起吗
应该说的话已经说尽

照耀着夜的是月光
月光在那个夜晚非常明亮

我不知道，我们究竟
从什么地方开始迷了路

3

这些零零碎碎的断片
撕扯着我

我走过河水
河水也会被分割成碎片

没有地方可以开始
因为结束并不存在

谁也不能告诉我
如何能到达水的那一边

4

进入到这个空间里来
到处只有光芒
只有耀眼的虚幻

安宁是唯一的意义
轻轻地　说
我们从此不需要爱情

5

我疲倦极了
为什么我不能得到一种暗示

让我找到死亡的翅膀
让我飞走

什么也没有
只有空旷的夜,连风也是苦的

6

微弱的阳光
在你的周围
我的想象
在你的周围

还有我的所有可以给予你的　爱

在你的周围

听见你的脚步声
在一个地方停住
我就会停下来等待你等待你的爱情

7

为什么这样的寂寞呢?
门铃是风中的游戏

雨水在倾听
在淹没自己

背影。妖艳的太阳。
和那个美丽的地方。

眼泪　眼泪
沥沥地,鲜艳的樱桃被打散了一地

过去和明天都不惧怕破碎
一句话可以选择寂寞选择无家可归

在此岸变态的暴风雨里
是什么样的美丽的孤独呢

外面
世界的额头上缠着绷带
哀叹着完美的崩溃

现实,愿意用肆意的浪漫
回味悲欢

为了体味断开的花木的痛处
残忍一些也罢

痛苦　悲惨　一切
都无法逃到无奈之外

8

黑暗
人
风
幻象
星星

被月光照耀的银币
那里有一个故事
一个灵魂
等待着这一切
归根结底

很多的想象
不是云彩
很多的
想象
是劫难

在夜的声音里

一片不存在的荒原

伴随着

疯狂的风

走得飞快

我在寻找

在幻象里漫游

沿途

有微妙的歌声

有熟悉的芦花

飞蛾

疯人

绝望

狂热

在梦中

大声说话

无 题

1

风里的火焰也熄灭了
我在黑夜里
听一首熟悉的歌

它变幻着颜色
很久很久才让你认出它来
我想和它一起唱歌

天空很蓝很蓝
我多想让你
牵着我的手走完今天

2

是谁的天空
我们吗
我们的生命多像是一片无边无际的荒原

我们烦躁不安
我们需要烛光带来一些温暖
我们无家可归

我们自己成不了火种
我们的世界在天空的那一边
那里,星光无边无际地灿烂

3

上天,这里是一些迷失的灵魂
我想捡拾起他们
我想他们是一些被遗弃的婴儿

上天,他们想找到回去的路
他们想被光芒拥抱住
他们

或者再降生时
可以为鱼为鸟
可以和水和天空一起

不要再降生为人
太多太多的阴差阳错
让人不知该怨还是该恨

4

走过这一片草地
星星撒落在水上

我不想看见你

我在躲避记忆

我想伤害自己
我想热爱自己

你最好不要走过来吧
在这个世界上我活着已是多余

5

活到这个秋天,听落叶的声音
亲爱的,在你的气息里在你的吻里
爱你就足够使我忘记一切

再活一天
再留下自己一天
一朵花和一阵风

多想能留在你的拥抱里

爱情在最初的地方
只是想无限地接近你

6

我想藏起悲哀
　　　　和你一起欢笑
我面对的是海
在你吻到我之前
我是雨水，期望着消失

可是，现在我要让你看到
　　　我的欢乐，
在你的吻里停泊

亲爱的，为什么我还是在恐惧
我的爱
我要你记住雨水
记住因为你

我曾经多么幸运多么快乐

7

让我走进这片山谷
让我听到自己的回声

让我走进那些往事
一天犹如一生

无尽的痛苦也只是痛苦
亲爱的，我相信

生命会像青青芳草
死而复生

8

亲爱的,我的生命像借来的种子,什么都不属于我。

夏天是热烈的,你说。
我太疲倦了
我的生命在那些格子里停着
痛苦如僵硬的麻
乱纷纷地缠绕着

我渴望活到夏天
那时,阳光可以找到我
找到我的影子
那时,我可以挪动它了
像挪动一盘棋子

亲爱的
我的夏天,是你
我不能拒绝那样热烈的阳光

我没有能力
从来没有能力拒绝你

9

在什么地方我们学会了挣扎
很少的一点点儿土壤
也可以遮盖伤疤

是一面承受裂痕的镜子
我们可以用破碎的光芒
照耀剩下的日月

10

混沌的春天里我们的愿望犹如火焰
穿过暗夜的草地去寻找风

为什么没有一种声响是清脆的

我们可以听见月光
在每一个梦里在每一个梦里

把我们的日子又翻阅一遍

11

我会在昨天死去
或者明天
但是今天　我要爱你
我要在接近你的时刻
拼命地接近你

吻我　紧紧地拥抱我
亲爱的

或许，我真的会这样离开你

离开这片承受不住的欢乐
我爱
世上　有谁如我一样好运
世上　有谁比我更加幸福

12

亲爱的，在你的爱情里我找到过的
是美丽的渴望

像春天的第一个清晨
每片树叶都充满无尽的诱惑

我无法停止爱你
无法停止幻想你的气息

如果你真的在爱我还在爱我
春天就会为我而来临了吗

无 题

1

依旧有你
有你热烈的吻
像夏日午夜的叹息
落在我干渴的嘴唇上

依旧有你
有你紧紧的拥抱
你的气息
依然如此充满诱惑

一点点儿的渴望
对你,也是野火里的草叶
可以迅速地蔓延起来
可以把死亡放得更远一点儿

2

过往的日子
如这一整天的雨水

安静　　残酷

路快走到尽头的时候
寂静如同坟墓

死亡或许是一根针
可以静静地把伤口缝好

3

这种时候
我　　只好屏住呼吸
有什么在向我逼近

像空气里飘浮的夜色
像嘀嗒作响的时间

我　只好屏住呼吸

我相信命运
相信感应和爱情
我相信生也相信死

我相信你
相信你的爱情
会把我留下

为你，我会屏住呼吸

4

你是不是已经看到了火焰的颜色
亲爱的　在你和我的周围

是这个夏天

爱情
在海水里是海水
在光芒里是光芒

这个清晨
以后
是再一个清晨

5

我在慢慢地呼吸
恐惧围绕着我
像空气

这个夜晚
是不是我最后一次吻到你
吻到你的爱情

我不想知道
我想慢慢地呼吸
我想爱你

就这样
像在深水中被水拥抱着
你会伴随我最后一段路程

6

在爱情的光幻中
我是一个不知所措的梦游者

一朵春天的花
让生命沉入芳香

一路上　是谁在叹息
一路上　是谁在呼唤着你

爱，在梦游的时候
只有夜色如空气

恐 惧

影子在不远处的地方
我知道我不去回头是因为恐惧
时间由于你的存在而显得短暂
这是第一次为生命长久我祈求上天

就像是海水眷恋沙滩
就像是荒野等待火焰
感情的栅栏是这样荒诞
不知不觉中你已经被心放逐

有一只蝴蝶飞过

你在我睡熟的时候轻轻吻了吻我
那时在梦里我看见一只蝴蝶飞过

水流过这个冬天依然寒冷的夜晚
在我的心里这个严冬滋味好甜

冥冥之中我祈求过什么真的记不得
但是我得到的正是我所祈求过的

不再重复的春天

爱你和爱一次不再重复的春天一样
突然的恐惧会使我看见死亡之前的花瓣

你的每一次拥吻于我就是又一个黄昏
我想停泊在那儿像永远抛锚的船

再睡一会儿恐惧就会在黎明时走远
世界或许会在这一秒钟里走过几百年

祈 求

已经盈满了泪水的心
曾经只祈求平静
唯恐我的命运会连累你
连累可以藏在心底的爱情

你相信吧
我可以自欺
只为了曾经拥有的一切
可以不被喧嚣侵袭

于我,最珍贵的不是现实却是记忆
影子是我的航程
活在昨天的
即使是命运也不能把它拿去

依然是你,像以前一样
让我无法逃避自己

心呵,究竟是软弱还是固执呢
爱你,爱你,还是爱你。

停

想得太多的时候
就停下来,听听音乐
或者去做一件特别具体的事情

太聪明就是糊涂
糊涂了才发现原来正好聪明
到头来古人高明

人,就是这么一种光与影的产物
你越是拼命和自己较量
你越是发现自己渺小无用

我们不是神也不是动物
我们既不代表真理
也不代表谬误

庄周梦蝶

一世一生

最最糊涂难得

雨　天

雨天
痛苦是安静的
和鸟的叫声一起

黎明笼罩着
雾水隔开了我和什么
困惑也是宁静的

房间是我的　世界
雨伞打开着
像一朵忧郁的花

什么时候
那些被遗忘的故事
真的可以被遗忘

美 丽

各样的心情
纷纷地　在这个清晨和雨丝一起
碰醒了我

在一层层的冷落和热望里
我被绝望燃烧着
不知道该醒在何处

把生命送给谁
作为礼物
是最美丽的事

在树下放了捕鸟器的人
或者鸟
谁更懂得自由

渴 望

对你的渴望
摆布着我

从春天的空气里走过去
悄声细语

想告诉你什么
可是却找不到表达的能力

阳　光

如风一样的阳光
吹过海水
这个清晨，浪涛白得发亮

这里没有那种严寒
想念中的寒冷是温暖的
因为有你

遥远的冬天，
在没有海水味道的风里
你是不是在想念着海

飘

像飘过去的一段音乐
突然就唤醒了
什么
那种冲动
在血液里沸腾起来

就是那段音乐
秋天一样不可重复的
最后的余音缭绕在空气里
我的周围是你
都是　你的影子

我在你的影子里丢失了
就再也走不出去
为了什么
我们降生到这个世界上
真的，原来不仅仅是为了悲伤

突然,不再忧伤地想到你

突然,不再忧伤地想到你

那个雨天
我　走在雨水里
却一点儿也不觉得忧郁

突然,不再忧伤地想到你

好像是一朵柔弱的花
经过了冬夜的暴风雨
还会有什么更危险的呢

突然,不再忧伤地想到你

不再恐惧哪个夜晚
会把你变成一个梦
带走　然后消失得无踪无迹

爱情五首

第一首

在想象中
看见你
看见天空里的云彩

你的吻
让我懂得天底下
什么叫作爱情

在想象的空间里想象你
想象你
让我无法安宁

第二首

眼泪,是我
幸福是我的
痛苦是我的
思念是我的
你是我的

第三首

在黑暗里看见梦
在阳光里看见自己

有一种说法
说,爱情是瞬息的记忆

我已经把那些瞬息
一次一次地叠起来

看见我手中的纸蝴蝶了吗
它是昨晚的那一次爱情

它在黑暗里飞起来
在晨曦的阳光里变成了光芒

第四首

我不知道如何可以
可以在你的呼吸里睡着

我太想清醒地看着你
每一分钟的你

和你在一起的时候
我的欢乐渗透着你

上帝，我多想感谢上帝
让我知道什么叫作爱情

第五首

这个雨天
像很久以前的痕迹

记得湿润的南方吗
记得在车站等待着你的我吗

像风中的阳光
一切

从未有过的轻盈啊
陌生,使我像鸟一样活跃

陌生,有谁在人生中
像我一样体会过陌生的欢乐呢

如果,你也曾经为陌生而庆幸
那么你也一定有过非分的爱情

我在一个盒子里生活

我在一个盒子里生活,
没有人知道
这个空间和外面不是一个地方
空气,是一个深渊
愿望是虚无的存在

我在一个盒子里生活
八年,是一个停顿的时间和空间
它是停顿的
没有意识到的是
时间,也是一个深渊

爱,你在盒子里和我一起受难
为什么呢
外面的世界是茫茫一片混沌
我看见的只是凶残

这个盒子说的话
像是回音壁的墙
四面楚歌
云的梦只是越走越远

我感受到黑暗
在一点一点侵蚀我
像树一样
我终于倒地的时候
不是因为一阵风
不是

我已经倒下去了
因为黑暗
那一次又一次地支撑只是徒然
没有什么力量如此永久

像黑暗一样永久的是光明
像光明一样永久的黑暗
你看，我并不是不明白
只是明白得太晚

分裂的夜晚

分裂的夜晚
你和你自己都在哭泣

你和你自己
一个在今天一个在过去

哪一个
渴望被遗忘

你非常脆弱
这个时候世界是两个

一个令你消失
一个让你绝望

庄周梦蝶

一生一世
最最糊涂的事情

死过了一次以后
活着,显得有些太轻

空旷的地方是风
梦里的话到达不了天明

生下来,活下去
花朵在春天想表达一生

我的爱情是你的翅膀

虽然,那么想念你
还是渴望你
自由得像云彩

我的爱情是你的翅膀
我说过
现在,再说一次

记住我的爱情
记住没有人比我更加爱你
更加懂得如何爱你

不留痕迹

看见的和看不见的乌云
带来一个又一个雨天

不留痕迹是难得的
安静地走,悄无声息
今天有像昨夜一样完美的心情

花香如水
草青幽明

空隙之间
月光点点滴滴

痛苦是安静的

雨天
痛苦是安静的

和鸟的叫声一起
黎明笼罩着

雾水隔开了我和什么
困惑也是宁静的

房间是我的世界
雨伞打开着像一朵忧郁的花

什么时候
那个被遗忘的自己真的可以被遗忘

无法逃离的幻想

无法逃离的幻想
在夜色中沉睡
沉睡的是谁

看见的过去和看不见的
明天,可以痛苦可以哭泣可以听见自己
此刻,是无声无息的

对爱的想象,
使得冬天有了雪花吗
风的翅膀毫无痕迹

种植什么
收获什么
理解什么

安然无恙的日子

越来越多的梦

有了颜色

他梦见自己的死亡,像是一种草药

他梦见自己的死亡,像是一种草药
被煎熬着,发散着治病的味道
死亡是一种治疗
一些病只有死亡能够治疗

他在梦里看见自己,身后跟着一个女人
女人被他煎熬着,发散出治病的味道
女人是一种治疗
活着的日子只有女人让他感到安慰

现在他睡着
看见自己的一生,散发着草药的味道
他很想为人生开一个药方
可是,他却突然意识到自己离死亡一定很近了

暗 色

暗色融化进血液
窗口透出的光亮,和白昼同时消失
所寻找的
从里面开始,在里面结束。

不需要理解
但需要一种支撑,才可以看到光明
所谓人
实实在在,并非一种动物

白昼到来了

白昼到来了,结束梦幻的残酷的白昼
我如此厌恶这"一天之际"
逃避吧!请把我留在无晨光打扰的黑暗里
超越吧!如能若鱼游到深海之中
白昼之光
恍如隔世

可爱的世界
星光下的迷幻啊
周围的被津津乐道的"真实"在毁灭它淹没它
超越吧!唯一道路和光同行
美轮美奂
如影相随

感情饥渴

感情饥渴,小姨在描述我
她看不见,电话这一边我的感叹

谁能看清自己呢
在树梢上只能看见危险

这一天,广州的暴雨
好像是为了我倾泻而下

痛苦这种词太无聊了
哪里还有痛苦呢,只有什么都说不出来

黑夜降至,我的心就静了下来

黑夜降至,我的心就静了下来
多么可爱的黑夜啊
如果有一天我选择离开这个世界
那也是因为这里过于明亮

水能明白影子
泥土能明白草地
你能明白我
尽管你如此热爱明亮

相悖的星宿
相对的命定
我的爱情不受控制
因为我如此不能理解常规

那当然无关紧要
我爱,意味着我得到了一切

我惹怒了上天吗
可是我却如此幸福

祭 奠
—— 献给 Amanda

乌发，吹乱了，遮住了双眼
心里是又一种黑暗

曾如此让你痴迷的海
热烈的阳光

你的八岁的小女儿
明眸像你

不能再挽留你了吗
不能再看到你熟悉的微笑

悬崖下面
灵魂终于解脱苦难

借助生命最后的灿烂
你选择了提前到达彼岸

你以死亡藏匿于梦幻之夜

你以死亡藏匿于梦幻之夜
像魔法在森林的上空召唤神灵
所以你不会寂寞
所以你永远停留在一种风的年龄
再一次消失
再一次生长
生命循环往复
这是从月亮上面走来的风雨
这是从太阳上面走来的火焰
可是有比太阳和月亮更加绝望的东西
那就是永恒

阴霾,在黑暗里所显露的是温柔

阴霾,在黑暗里所显露的是温柔
黑暗,在阴霾里所显露的是强悍

从这个傍晚里走出去
就会看见我

在荒野中站着
不知所往

世界需要太多的道理
可是,我没有

一个合适的道理也找不到
只想休息

愿 望

愿望,一半在夜里繁衍
另外一半在延续我的宿命
春天和夏天,这两个躁动的季节终于过去了
人的气息少了一点儿,冰的气息在渗透过来
难得啊
这一点点儿的宁静
美丽的世界
我爱了一生
在非常晦暗的时候
我依然记得住你的美丽

这里的水

这里的水
流到哪里
还是水

树叶里
花朵里
天空里
泥土里

水永远是水
亦如灵魂
生如是
死如是

把剩余的努力

把剩余的努力
付之一炬

从此
轻轻松松

被一个梦留在原地

被一个梦留在原地
无法再分清真实与梦境

掉进漩涡
融化进这片水域

静止的力量
可以让意识渐渐模糊

真与梦
那要看是谁的海市蜃楼

彼 岸

彼岸
对死亡以后的幻象
承载着一切生的负荷

幻觉啊,那可是我们的必须
重要过衣食温饱
正如,鱼之于水。水之于川。

请别追问太多
留下一些神秘的空间
让我们还有地方可以躲藏

从窗口看那棵扭曲的树

从窗口看那棵扭曲的树
总是想起人生

明天不可预示
不知会被哪样风暴严寒再狠狠地戕害一次

活着
就是不断地经受煎熬

似乎有什么目的
似乎什么都没有

自然与不自然之间
越来越难以寻找痕迹

从折断的地方重新长出生命来

从折断的地方重新长出生命来
那个声音这样说

它长着一头细细的毛发
半截身子在泥土里,冲着我皱眉

迷蒙的夜色
会给人一种希望

不真实的甜蜜的芳草
好像明天将会带着魔法舞蹈

好吧,就让你得逞一次
我把四周的屏障挪开,让你进来

我并不想知道你是哪里的妖怪
只要你安静地来去

摧毁我的

摧毁我的
不是记忆的伤痛
倒是记忆的美丽

时间无法治愈什么
也无法改变什么
一切都早已凝固

摧毁不了的
是死亡
和被遗忘的爱情

《圣经》上说
我们都要接受上帝的审判
可是,我相信上帝从不审判谁

热衷于审判的是人类自己

让人间充满绝望和恐怖的
更是人类自己

爱!上帝只说了这一个字
摧毁不了的
早已成为永恒

见过谁能从容地生活

见过谁能从容地生活
像和风戏水
像过客

人的软弱
人的盲目
至多不过引起一声感叹

如果没有身体
人会不会如此轻盈起来
接近灵魂

开花的季节

开花的季节
是最最悲哀的季节

那些生命
徒然浪费着青春

为了什么呢
或许什么目的也没有

只是为了招摇
只是为了存在一次

当然,开花不需要道理
青春原本就是一次浪费

当然,生命也是一次浪费
一切最终都荡然无存

孑然一身并非那样可怕
那是最最自由的年华

一个人的真实
才是真实

雾里看花
看到的不是春天

漫长也好

漫长也好
短暂也好
生命的来去犹如灵感来临

只感谢它的来
也感恩它的去
其他的念头都嫌多余

留恋是生者的事情
对于死去的人
墓碑上的一句诗已是足够

面对自己

面对自己
一生　原来　是
一场残忍的战争

我必须面对

痛
这一生的痛
凝视着我

没有逃脱的可能
也不再需要了
只是默默地和它对视

宁静
是不是一种境界呢
或许，只是一种绝望

敏感让我筋疲力尽

敏感让我筋疲力尽
让生活疲惫不堪

没有希望才可以死去
没有失望才可以生活

回到哪里
才能重新看到芳草萋萋?

那些失而复得的感觉

那些失而复得的感觉
像一面镜子
过去的那些瞬间蓦然显现

可是我自己呢
已经破碎
镜子里的那个人陌生而遥远

没有什么会真的失而复得
失去的已经失去
和自己一样面目全非

请把我当成陌生人吧

请把我当成陌生人吧
因为你们早已成了我的陌生人

命运让我学会了享受孤独
我的心里已不再充满绝望和痛楚

在黎明那扇窗户后面
是曾经被我关在外边的太阳

请它进来吧
请剩下的人出去

不再需要什么
一切都显得多余

阳光和日复一日的安宁
对于我的感情已经足够奢侈

上帝告诉我的话

上帝告诉我的话
我相信也告诉了你
这就是我相信的缘分

没有任何怀疑
那甜蜜
使任何痛苦变得无足轻重

没有别的原因
我放弃的或者得到的
都不是权衡的结果

我要特别感谢上帝
他很公平
我很幸运

是 我

是我,把自己给了命运
是吗?
还是命运控制着我
我不得不这样生活

或许,我们两个都幻想抛弃
让风承载着一起逃跑
或许,我们都一样不安于现实
幻想能通过对方到达彼岸

每一次努力都失败了
因为谁也不能让步
都认为自己被对方束缚
我们,用绝望的绳索联系着

我们面对面哭泣
因为没有任何别的东西

能够代替自由
我们不能给予自己的是自由

我的欲念越来越少

我的欲念越来越少
甚至无法唤起有关生活的想象

但是,这一天
一只鸟飞到了我的窗前

突然
心里有了一种久违的愿望

让我的眼睛看到鸟
让它带着我的目光飞过海洋

这是我热爱的飞翔
因为一只鸟而重新拥有了渴望

鸟美丽地飞着
花固执地开着

还有

还有那一望无际的海

我经常想到死亡

我经常想到死亡
想到我将愉快地结束

生活是一件昏暗无边的事
没有光的指引

在这个胡乱开始的游戏里
每一步都走得含糊不清

成功和失败
都感觉不到什么滋味

还是离开这盘棋吧
我不太适合玩这种游戏

我可以在这个世界上好好活着

我可以在这个世界上好好活着
花费掉上天给我的时间

我不喜欢游泳
却喜欢看海

我喜欢种花
但它们的寿命都不幸短暂

我喜欢写
但它们都是些胡言乱语

我喜欢画
但它们所表达的都匪夷所思

我的日子不受什么限制
无所谓价值。但是,很值。

我相信命运

我相信命运
那个瞬间你走到我面前
就是命运
那以后的路,无论如何延伸
都不再重要
一切都是命中注定

命运是一个瞬间
只要那个瞬间出现
你就别无选择
生活就此停止

选择是一个过程
永远不会停止

我要努力使自己听到那个声音

我要努力使自己听到那个声音
在天宇的外面
它透过月光
透过单纯的雨
洒落下来

幸福
可以呼吸
我终于不再需要逃离
在天空下
在太阳中间

我要努力使自己不再存在
听任你的指引
即使恐惧的闪电
从天而降
我也会安静地等待雷的轰鸣

很久了

多久了

我都在等待这个时刻

我又一次可以想象

生命有多么美丽

让我在这里多待一会儿

让我感受一下

新鲜的

竹笛

和清爽的空气

没有什么阻挡在你我之间了

世界

不再模糊一片

内心

不幸和幸运一起美丽

我们面前

不再有什么阻碍
我们不必逃之夭夭了
我们
一无所有

无法再想象轻松的爱情

无法再想象轻松的爱情
像水仙
像百合
轻盈的无拘无束的爱情

堆满着记忆的
垃圾
我们的心
分离不出去沉重

再也无法像过去一样去爱
再也无法让
憧憬的幻影
主宰一生

悲凉的人生
咳,这种话说得多无聊

可是,无聊看来更实在一点儿
可怜,无聊却比其他的感受来得真切

总是绝望的

总是绝望的
突然想到时间

时间留下的影子
连接着生者和死者的遗憾

夜色很好
正是月圆的时候

每一天都按时到来

每一天都按时到来
同样地
按部就班地到来

过去忍受不了的
却变得可爱异常

让一辈子就这样
宁静到毫无痕迹地过去
阿弥陀佛

其 实

其实，我并不想知道魔术的奥秘
命运背后的指使者
他的工作我并不关心

我需要做的
是在他没有得到毁灭的指令前
找到自己

当那一刻来临
我不会恐惧更不会忧伤
我只会感到安慰：

一生
已经走完
可以名副其实地睡了。

身　后

身后，留下一片喧哗
死亡是神奇的
谁也触不到你了

人可以在死亡的保护下安然入梦
生命过后
不声不响

谁也不能再打扰你
无论源于什么样的道理
都突然像活着本身一样毫无意义

我并不懂得如何享受生活

我并不懂得如何享受生活
那几乎不曾存在于我的本性
我在寻求什么呢

我自己也说不清楚
反正和包围着我的这些事
毫无关系

其实,我也不想知道生活的终极目的
那是一个神奇的魔术
我宁可让它在幻象里诱惑我折磨我

或许,生活就是这样一种折磨的过程
就应该让它魔幻的火焰
烧灼到灵魂的深处直到死亡来临得以解脱

我是谁

我是谁
从哪里来
到哪里去

多年以后
还在这个旋涡里
问这问那

或许本来没有自己
只有些
风风雨雨

心定的,是你?
心乱的,是你?
糊里糊涂的,更是你?

都不是吧?!

白天不是你
夜晚不是你

光芒不是你
黑暗不是你
梦幻依然不是你

人是玻璃
被一次次毁灭的
破碎的玻璃

在这狭窄的路上

在这狭窄的路上
还有什么样的梦想可以生长

我把爱情放在世界之外
守护这一个愿望

可以得到的自由
只能被封存在深深的命运里吧

我知道
这一刻我的房间里充满阳光

带着什么

带着什么
我们来到这里

后来知道
一切都在劫难逃

命运既不微笑
也不诅咒

我们用一生的时间
学习放下

后记：最后的日子
—— 忆麦琪（英儿）

◎刘湛秋

2010年9月12日。这是一个特别难忘的日子。

我的心成天悬着。她一个人去医院检查了。

到了下午5点左右，她终于回到家，语气平静地告诉我："就是那么回事儿，真的是鼻咽癌，而且是晚期。医生还让我明天去别的地方扫描，看是否扩散。"我也语气平静地对她说："这不就了了。不要慌。明天不要去做什么B超了。检查对身体有害。"我出身于几代中医家庭，从来都不太信西医的癌症学说。我慢慢地讲我的"理论"，我说："癌根本不是什么细菌传染。是身体长期缺乏阴阳平衡，或者说是一股气沉积抑郁的结果，造成某些部位细胞坏死或变异。"说归说，我心里还是凉了大半截儿。癌——几乎就是死亡的代名词。我该如何去慰藉她的恐惧呢！

其实，这半年多来，她早已背着我在电脑上探询鼻咽癌了，她感觉她很多症状非常像鼻咽癌。她不和我说，也不和我讲，只愿偷偷地告别世界。

今天，这层窗户纸捅破了，事情明朗了，我们都只有面对现实。

我这人可能是榆木疙瘩吧！居然在两三天内搞了个百日治疗的方案。我认为只要能让她吃好睡好、适量运动，就能改善她的体质，进而治愈病症。我给她制订了每日生活计划，画了生命起伏曲线。她开始欢快地执行着，但病情也在极其缓慢地发展着。

她的体重在悄然减轻，面容在憔悴。我们在朋友间开始隐藏病情。但渐渐地，她衰弱的样子和身形已掩盖不了她内在的癌变了。她不敢告诉熟人，更不敢告诉父母。她对她的父母是极其孝顺的。她宁肯和我少讲话保存体力，也要在每半月给她父母的一次电话时显得若无其事，非常轻松。对此，我深感她的苦心。对悉尼的朋友熟人，她也基本上不见了，她为保存体力做了许多别人不理解，甚至误会的事。

我知道，她内心深处在想什么。她在想自杀。她在想怎么才能偷偷地结束一切。她不想我同样衰老有病的身子去照顾她。但是，她不可能找到安全的方案，只能不了了之。想绕开我，以及她的父母，既非常保险，又不太痛苦，是不可能的。何况，我又是一个非常固执的人，总乐观地坚信，癌症是可能好的。我不能肯定是否说服了她，但是她慢慢也习惯了现实。我的毅力感动了她，于是她每天按规定的方式起居、适量运动。日子过得缓慢而又机械。

我以为，这也是我们俩一起生活得最为平静也最为幸福的日子。

第二年5月，我们照例在国内与悉尼间游走。回到广州市，我们到中山医学院去做检查。专家一看就确定是鼻咽癌，由于是晚期，化疗、放疗都不可能了。这也正合她的意。她很怕什么放疗、化疗。后来在一家专治癌症的诊所买了一万多元的中药，因要几个疗程，准备带回悉尼服用。这次的诊治消释了我俩的疑问——癌是肯定的了，而且已到了晚期。现在唯一的方法是保守治疗，延长生命。

往下怎么过？我的意思就是这么往下走，正常过日子，乐观地对待一切，你不去刺激癌症，相信癌症也不会刺激你，我们和平共处，让癌发作得越慢越好。我说，人生就是由年、月、日组成的，能过一天总比没有好。我反复对她说，也许最终癌细胞会消失的。事实证明，我的乐观和幻想是十分荒唐的。往后几个月，她的体质总在慢慢变差，鼻子不通已变陈迹，右眼也渐渐失明了，然后右耳也开始听不见了，再往后，半边脸也渐渐麻木了，嘴角出现些微歪斜，舌头也不大灵光了。这一切说明癌在不断地缓慢地侵袭。我们不可能阻挡它的进程，只能让它缓慢下来。

这时候，我们在悉尼的一位朋友介绍了中国台湾的一位医生的原始点按揉疗法。这位医生姓张，他的老婆也是患癌症死的，但他居然在她濒临死亡时将她的生命延长了十个月。他致力研究出的人体原始点按揉法，很有些效果，这位张医生也到大陆演讲并示范过。我们仔细并反复看过他普及的碟片，我们都非常相信。我认为他的对称揉按法可能会有效果。记得在按揉原始点时，意外地按到她脖颈后的痛点，她感到舒服，但这个点是很难找的，很容易滑掉。我按得很勤快，日夜都要按揉。我统计了一下，一昼夜竟要按三千多下。现在看来，这种按法有没有效果，有无科学依据，都变得不重要了，但她的生命在当时能继存下去，生命体征偶尔出现好转，也不能不说按揉原始点可能有好作用。而且，我们之间这种亲密无间的按揉，对我们之间的感情的不断加深的贡献是不可估量的了。在她病后不久，我很少间断地写了日记，每天都做了详细的记载。对我来说，这厚厚的日记将会伴随我一生，是只对我一个人价值连城、对别人毫无意义的一本书。

想到这些，我越来越觉得，在她身体好时，我们往来于许多地方，甜蜜的旅行，两人的世界，生活的享受，快乐的聊天，都变得可有可无。而这些在她病中两人的按揉，是永远不可多得的。

那时，我们反复讨论着未来的安排，我们共同决定将悉尼的房子卖掉，好让手头宽松点儿，我们还住在这间房里，只是改成给买主交租了，这样又延续了一年多。大概是2013年吧！她同意了我的意见，离开悉尼，彻底回国内定居，我感到在中国我能办些事儿，语言更畅通些，也免除了长途飞机的奔波。大概是2013年4月，我们又飞回了广州。

我以为我们要告别澳洲了，其实并非如此。在中国居住了将近五个月后，她非常动情地告诉我，她想再回悉尼，这不仅因为她已加入了澳籍，更是因为她已不太习惯在中国的生活。人多、吵闹、浮躁、空气不好，都让她别扭。她喜欢澳洲的安静，而且，她有一些不错的外国朋友，和她们交往都简单得多，中国社会上一些商业化的风气她也看不惯。她想结束，在澳洲更自然些。虽然这对我来说会有种种困难与不便，但面对一个病情如此严重又如此恳切的病人来说，我觉得，我只能执行。悉尼的家已没了，一切都要重新开始。而且她说，她要一个人回去，我只用把她送到机场，那边，跟她要好的一对外国夫妻会接她照顾她。这当然是不可能的，我要和她一起走。最后我俩达成协议，让她先走，我过几天再过来。这时，她的身体并未转好，但也未转坏，尤其是她的右嘴角反而不那么麻木了，面部也不那么疼了，我也觉得她一个人在安静的环境下疗养可能更适合。我咬牙给她买了个单程公务舱，要了个轮椅。我把她送到机场，在贵宾室办好一切手续，她随身只带了特别小的滚动小行李箱。须臾，推轮椅的人来了。我看到一切安排妥当，正好她脚边能放下那粉红小行李箱。她身上背了个装钱与证件的小包，接着她被缓缓地推走了。我送她到安检的大门，我们亲密告别，因为这并非诀别。我忽然想，如果我和她一起走，她的困难更多，果然十分钟后，她的短信来了，她过安检后去了贵宾室休息，她还喝了碗罗宋汤，挺开胃，直呼好吃，后来我们又不断通信。我感觉，她为明早能重返悉尼，出现病后少有的对病情的乐观。她在短信中告诉我，想象着老了的时候和我一起在海边的画面，她说，酷毙了！

我的心情也突然开朗了。

她一直是坐轮椅被推进飞机舱的，一直到起飞前，她才停止发短信。第二天她下飞机时，悉尼机场也有轮椅，直到接她的外国夫妇出现，她几乎没费力。我和那位叫伊芙的朋友通了电话，确认她上了汽车，才安心把手机装进衣袋。大概也就在十多天后，我到了悉尼。这天，我告诉她，今天是中国的中秋节——最值得记忆的团圆节！她终于露出了笑容。这是我们小别后又一次团圆，真有"小别胜新婚"的感觉。

也许是我的运气好吧，一天后我竟在她居住的朋友家附近找到一处她后来特别喜欢的单元房。我当时一看马上定了下来，这是一处离邦代不远的房子，她过去梦寐以求，但之前只能跟我过苦日子住在西区，后来她几个外国朋友来看了，也满意。这可是空房子啊！我要把家里需要的东西都买回来。我决定全买新的，她都到这时候了，一定要让她开心。好在我卖西区房子时赚了些钱。此刻能为她花钱是我的幸福。于是，我用了几天时间把家里需要的东西都买了回来，不仅是床、桌子、柜子、椅子，还有电脑、彩电、台灯，以及吃饭所需要用到的东西。当时我怎么也想不到这些新物品她只享受了不到三个月，后来就全部扔了。

我记得很清楚，当我把家布置得像一个完整的家时，她才从朋友家迁来。当然是我们一起。那一阵真忙啊！因为有她外国朋友的帮忙，所以都很顺利。当时，我主张预交一年房费，她却只想先交半年。结果，她连半年都未住满，唉！

她对生死从来都是看得很淡的。她认为她已经活够了，认为她已完成了一次快乐的人生旅行。她总跟我说，她对死一点儿也不害怕，所以她无所谓。我常开玩笑地对她说，你就是英雄，是刘胡兰吧，是个面对死亡也毫无惧色的人。大概也因为东拖西拖，好好坏坏，总之已过了三年癌症晚期的她，慢慢地感到了一丝光亮，她那种必死无疑的信念开始融化了，多少有些乐观吧，加上疼痛减轻了不少，她几乎已完全放弃任何自杀的念头，觉得可以这样慢慢活下去。

生活安定一些后。她多次催我回中国，过几个月再回来，她说，她自己能搅糊吃，又有一大帮外国朋友安排好每天都来，我在这儿已有些多余，何况我听力不好，跟外国人打不了交道，有时，反而烦她，她要静养。我是个人，每天要吃喝拉撒，年纪又大了，我多少也需要人照顾。也许我也看到了她生活的些许稳定吧，我终于同意回去些时候，春节左右再来。谁也不会想到，这次就是永远的分别！

我走的那天，是她让她一个女性朋友送我到机场的。飞离悉尼时，我很平静。

这些日子可以说是非常充实的。我们每天都通一两次短信。我现在手机里留下的将近百条短信，已成了我俩最后的倾诉。每天发短信、收短信，甜蜜充满着生活。她要是晚发了，我就紧张。我万万没想到，死亡正在悄悄临近。快到12月下旬时，我在短信里告诉她，我要给她邮寄手写的贺卡，庆祝中外新年。她说麻烦，心领好了，我还是快乐地做完了这一切。因为邮递慢，她直到1月4日晚才收到。她发来短信："亲爱的，终于收到啦，决定今天不看，太晚了，不想匆忙，明天要认真拜读，因为你的信很难得啦。好，都是一道晚安。爱你。"她不看是对的，因为我在贺卡上写了短的新、旧体诗各一首。旧体诗这么写："云外传短信，犹若在身边；万里不嫌远，弹指一瞬间。"新体诗也是四行："在一起不在一起同样酷爽/短信比伊妹儿更美丽更寻常/心和心时刻贴在一起/人生的快乐就这么简单。"5日，下午四时四十分她来了个短信："洗手燃香念你的祝福简直太好了，好像你在我身边，而且更近，因为心也连在一起，把它放在心上，然后窗台上再放一束花，我的记忆里多了这甜蜜。Love　Love　Love　×××××××爱你十万倍。"这短信对我来说是极其珍贵的，想不到竟成了她的临终遗言！接下来，6日，她只给我发了个极其简短的英文的一切都好的短信，7日我未收到她发来的短信，8日凌晨，我女儿从二十多里外的暨大的住处过来告诉我："李英安详去世了。"这是她的外国友人在电邮中告诉我女儿的。因为语言关系，她生前就安排好她的朋友和我女儿的联络方式。

对于这个噩耗,我是难以置信的。我不相信,我也不能说话。就是说,她6日晚入睡,7日一天未醒,外国友人见她睡着未打扰,8日早晨,外国友人看她时,她已死亡。

为什么我说,她和癌症打了个平手呢?最终不是癌症让她在痛苦和饥饿中死亡,但她也拼尽了最后力气,我更相信她是死于心力衰竭。这可以说是人生最幸福的死亡方式。

也许,结束在不该结束的时候!

也许,结束在最该结束的时候!

2014.10.24于广州